醇酒美人

周功鑫　主编

目录

"醇酒美人"这个成语出自《史记》的《魏公子列传》，主人公是战国时期的魏国公子信陵君。大约从公元前259年到公元前257年，赵国因为邯郸被秦军包围，于是向魏国求援。魏安釐王命令将军晋鄙率领大军，表面上前往救赵，却把军队停驻在半途中，观望情势。信陵君为救赵国，用计巧夺晋鄙的军队，成功替邯郸解围。信陵君知道魏安釐王对此事甚感不满，所以事后没有回国，

在赵国居住了十年。直到秦国攻打魏国，信陵君才回到自己的
国家，率领军队击退秦军。后来，魏安釐王中了秦国的离间计，
派人取代了信陵君的主将位置，信陵君从此不再上朝，终日纵
情于醇酒与美人之中，最后因饮酒过度，伤身离世。

◎ 战国时期：公元前 476 年至公元前 221 年。

◎ 秦昭襄王：生于公元前325
年，卒于公元前251年。

◎ 蔺相如：约生于公元前310年，
卒于公元前241年。

6

战国时期，经历多次兼并战争之后，形成赵国与秦国东西两强并立的局面。在赵惠文王统治期间，因为得到廉颇和蔺相如等名将良臣的辅佐，赵国势大国强，成为秦国向东推进的一大障碍。

◎ 廉颇：约生于公元前 321 年，卒于公元前 238 年。

◎ 赵惠文王：生于公元前 310 年，卒于公元前 266 年。

赵惠文王去世后，赵孝成王继位。秦昭襄王趁赵国新君初立，积极向东侵略，先在长平之役大败赵军，不到一年又乘胜追击，围攻赵国都城邯郸。这时的赵国因长平之役国力大损，赵孝成王只得派人向邻国魏国求援，魏安釐王遂派将军晋鄙领军前往救赵。

◎ 邯郸：今河北省邯郸市。

◎ 晋鄙：生年不详，卒于公元前 257 年。

9

秦昭襄王担心魏国与赵国联合，派遣使者警告魏安釐王："秦军要拿下邯郸，就如探囊取物，轻而易举。如果有哪个国家支援赵国的话，等到秦军取下邯郸，下一个就会攻打它。"

魏安釐王受了秦国的威胁，心想："秦国兵强马壮，万一我军和赵军联手都不敌秦军，秦国打败赵国之后，一定出兵攻打我国，那岂不是自找麻烦？"转念又想："秦国虽然强大，但赵国有名将廉颇，国力也不比秦国弱多少。若有其他国家出兵相助，赵国可能会反败为胜。如果赵国战胜了秦国，而我国又没有派出援军，赵王一样会责怪我啊！"

魏安釐王怕自己站错边，感到左右为难。最后他决定："这场仗谁胜谁败还料不准，还是观望一下再作决定吧。"于是，他命令晋鄙把军队停驻在通往赵国的途中，观望情势。

◎ 魏安釐王：生年不详，卒于公元前 243 年。

11

赵国的平原君（生年不详，卒于公元前 252 年）与魏国的信陵君是姻亲关系，平原君的夫人是信陵君的姐姐。平原君眼见邯郸情势紧张，于是派遣使者到魏国求见信陵君。使者催促信陵君说："我家公子愿与您结成亲家，是因为您是个行为高尚、重义气的人，您看见别人有困难，从来不会袖手旁观。现在邯郸被秦军包围，城里的粮食几乎断绝，魏国却迟迟未出兵相救。您就算不愿意出手救助我家公子，也该惦念身在邯郸的姐姐的安危啊！"

信陵君听了使者的话，心里十分激动，说："我何尝不是时刻记挂姐姐和姐夫的安危呢！你回去告诉姐夫，我一定尽力请求魏安釐王出兵营救赵国。"

◎ 信陵君：生年不详，卒于公元前 243 年。

使者离去后，信陵君立刻亲自游说魏安釐王，但魏安釐王依旧犹疑不决。

信陵君焦急万分，对门客说："我多次劝说大王，请他下令晋鄙出兵救赵，但大王一直不肯。请你们也帮忙劝劝大王吧！否则赵国一定不保了。"

门客于是纷纷找机会进言。但是，无论他们的理由如何充分、言词如何铿锵有力，魏安釐王始终畏惧秦国的强大，不敢向晋鄙发出进军邯郸的命令。

眼见战事紧急，信陵君心急如焚："我不能再顾念自己的性命了，让我亲自前往邯郸，与秦军决一死战吧！"他率领门客出发，来到东城门，刚好遇见曾是自己门客的侯嬴。侯嬴正在值班，见到恩人信陵君，马上趋前问候："公子，您看来神色凝重，不知我能否帮上忙？"信陵君看见老朋友，按捺不住心中的愁闷，便将想亲自营救赵国的计划如实相告。

16

侯嬴听了信陵君的话，感到事态严重。他找借口支开旁人，悄悄对信陵君说："公子向来待人仁厚，爱惜人才，我只不过是个年老又卑微的守门人，也能得到您的知遇之恩。如今公子有难，我想为您献上一计。" 信陵君急忙追问："什么计策？快点说来听听。"

◎ 侯嬴：生卒年不详，活跃于魏安釐王与赵孝成王期间。

17

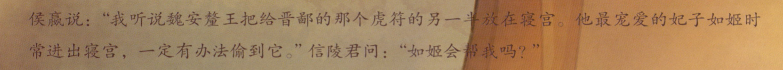

侯嬴说："我听说魏安釐王把给晋鄙的那个虎符的另一半放在寝宫。他最宠爱的妃子如姬时常进出寝宫，一定有办法偷到它。"信陵君问："如姬会帮我吗？"

侯嬴回答道："公子应该还记得，如姬的父亲被人杀害，她一直找不到仇人，后来是您的门客为她报了仇。所以只要您开口，她一定会答应帮忙的。"信陵君点头表示认同。

◎ 如姬：生卒年不详，活跃于魏安釐王与赵孝成王期间。

18

侯嬴再说下去："您得到这半边虎符之后，便可以拿去和晋鄙的另一半虎符对合。虎符对合，就等同魏安釐王亲自下令，您便可以直接指挥晋鄙的军队了。"信陵君问："如果晋鄙不肯遵从我的命令，我该怎么办呢？"

侯嬴果断地说："倘若晋鄙不从，干脆就让人杀了他，直接接收他的军队，这样你才能救得了赵国。假如公子只是带领有限的门客去和秦军交手，无疑是把一块肥肉投向一头饿虎罢了。"

信陵君听了哽咽起来。侯嬴问："公子为何难过？难道是怕牺牲性命吗？"信陵君回答："晋鄙是一位威声赫赫的老将，为魏国立下许多汗马功劳。到时假如他不听从命令，就必须让人杀了他，我是为此难过啊。唉！为了赵国的未来，我也不得不这么做了。"

听取侯嬴的计谋之后，信陵君便去请如姬协助。一如侯嬴所料，如姬感激信陵君的恩德，同意配合他的计划。

21

如姬真的把另一半虎符偷了出来，交给信陵君。信陵君带着虎符赶到晋鄙的军营，虽然虎符完整对合，但晋鄙仍然心存怀疑，不肯马上出兵。在这迫不得已的情况下，信陵君只好让人杀了晋鄙，夺得军队的控制权，亲自领军前往邯郸。同时，赵国也派平原君出使楚国，成功与楚国结盟。信陵君率领的魏军联合前来救援的楚军，成功击退了秦军，顺利为邯郸解围。

之后，信陵君开始为自己的处境担心。他想："魏安釐王一定会追究我假传命令和杀害晋鄙的事，看来我是无法回国了。"于是，他派部将率领魏军回魏国去，自己则与门客留在赵国。

赵孝成王感激信陵君的义举，打算以五座城邑作为赏赐。信陵君得知此事，颇为自豪。门客劝告他说："这次援赵成功，我们有功于赵，却有罪于魏，实在不应引以为傲啊！"信陵君听了，感到十分惭愧。赵孝成王亲自清理宫室的台阶，又谦让信陵君走西阶，自己则走东阶，以最高规格的礼节接待他。信陵君不敢接受这样的礼遇，谦卑地侧着身子走上东阶，说："我对赵国没有功劳，却对魏国有愧啊！"赵孝成王了解信陵君的心意，不再提赏赐五座城邑的事，改为把他封于鄗，以减少对他的困扰。信陵君在赵国居住下来，没想到，这一待便是十年。

◎ 鄗：今河北省高邑县东。

◎ 赵孝成王：生年不详，卒于公元前 245 年。

秦国得知信陵君留居赵国，魏国已经没有有能力的将领，于是趁机频频攻打魏国。秦昭襄王先派兵取下吴城，到秦庄襄王继位后，又派兵攻打高都、汲等地。魏安釐王对秦国的连番攻击苦恼不堪，于是派遣使臣到赵国见信陵君。使臣对信陵君说："秦国连番攻击我国，大王想请公子回国，一起商讨对策。"

26

信陵君多么惦念自己的国家啊！但是，他担心魏安釐王怒气未消，不敢立即回去。门客们虽然知道魏国此时很需要信陵君的助力，但是碍于自己曾经和信陵君一同背弃过魏国，都不敢表达意见。门客当中，只有毛公与薛公鼓起勇气去见信陵君。

◎ 吴城：今山西省平陆县北。
◎ 高都：今山西省晋城市东北。
◎ 汲：今河南省卫辉市西南。

◎ 毛公：生卒年不详，活跃于赵孝成王期间。

◎ 薛公：生卒年不详，活跃于赵孝成王期间。

毛公说："我俩都是赵国人，原本匿居在赌徒与卖酒的人家里，连我国著名的平原君都不认识我们。公子来到赵国，听见人们提起我俩，竟然到处打听我们的住处，并且与我们来往，让我们受宠若惊。虽然我们都很希望您能留在赵国，但是为了公子的名声着想，不得不前来劝谏。"

薛公也进言说："秦国频频攻打魏国，情势十分危急。公子救人之难，向来义无反顾，所以各国与您关系良好。但是看现在的情势，如果秦国继续进攻魏国，都城大梁也快要不保。如果大梁失守，秦军可能会摧毁魏国先王的宗祠。若连自己祖国的安危也不理，公子还有什么颜面去面对世人呢？"

◎ 大梁：今河南省开封市。

他们的话还没有说完，信陵君顿时大悟，赶紧吩咐车伕启程回魏国。信陵君觐见魏安釐王，两人离别十年，想起种种往事，忍不住相对而泣。信陵君表示愿意全力报效魏国，魏安釐王于是委派他担任统帅，授予上将军的印信。

信陵君赶紧派遣使者通告赵、韩、齐、楚、燕五国，述说魏国情势危急，请求各国援助。由于他善于交际，各国都受过他的好处，于是纷纷派兵前来救援。信陵君遂统率六国的军队，在黄河以南地区打败秦军，并一路追击到函谷关，阻止秦军出关。信陵君因此声威大震。

◎ 函谷关：今河南省灵宝市东北。

31

经此一役，秦庄襄王对信陵君感到顾忌，认为他是秦国统一六国最大的绊脚石。秦庄襄王想："既然两军交锋我胜不过你，那我便运用离间计吧！我要破坏魏安釐王对你的信任。"当初信陵君为救赵国，假传王命杀害魏将晋鄙，秦庄襄王知道晋鄙的门客一直怀恨在心。他派人送一万斤黄金到魏国，收买晋鄙的门客，怂恿他们在魏安釐王面前诽谤信陵君。

◎ 秦庄襄王：生于公元前 281 年，
卒于公元前 247 年。

33

这些收了秦国黄金的门客，轮番向魏安釐王说："信陵君击退秦军之后，威震天下。现在各国国君都只知道魏国有信陵君，而不知道魏国国君是谁了。而且，听说各国国君甚至想要拥立信陵君为魏王呢。"魏安釐王起初不愿相信，但这样的话听多了，渐渐对信陵君起了疑心。

另一方面，秦国多次派人到信陵君府上，假装祝贺他的战功，并频频询问："公子威震天下，什么时候会被立为魏国国君呢？"

魏安釐王天天听到这类消息，开始防备起信陵君来，最后干脆把他的主将地位撤去，换人担任。信陵君对魏安釐王大失所望，便开始推说自己生病，不再上朝。

郁郁不得志的信陵君放纵自己，终日沉湎于酒色之中，与门客通宵达旦宴饮。四年之后，即公元前 243 年，信陵君因为饮酒过度而丧命。在同一年，魏安釐王也去世了。

继秦庄襄王之位的秦王政（生于公元前 259 年，卒于公元前 210 年）得知信陵君过世的消息，十分高兴。他隔年便派军进攻魏国，一连攻下二十座城邑。此后秦国逐渐蚕食魏国，终于在信陵君去世十八年后，即公元前 225 年灭了魏国。

信陵君不但有才能，而且懂得赏识人才、亲近隐士，真正做到礼贤下士。也因此，这些门客都能适时向信陵君提出建设性的建言，帮助他做到"出而救赵，归而救魏，辅国利邻"。

可是，魏安釐王误中秦国的离间计，让魏国失去了信陵君这位中流砥柱。信陵君因此怀忧丧志、自暴自弃，过着消极颓废的日子，最后因此而丧生，令人惋惜。

这个故事后来演变为成语"醇酒美人"，用来比喻一个人纵情酒色、无法振作。

图画知识

01
pp.8-9

秦国将军服装

参考陕西省西安市秦始皇帝陵出土将军俑，秦始皇帝陵博物院藏。

02
pp.8-9

城门

参考战国时代的城郭都市图。据《战略战事兵器事典1：中国古代篇》资料重绘。

03
pp.8-9

秦国骑兵服装

参考陕西省西安市秦始皇帝陵出土骑兵俑，秦始皇帝陵博物院藏。

04
pp.8-9

秦国军吏服装

参考陕西省西安市秦始皇帝陵出土中级军吏俑，秦始皇帝陵博物院藏。

06
pp.8-9

剑

参考河北省邯郸市百家村出土铜剑，邯郸市博物馆藏。

07
pp.8-9

臂甲

参考云南省江川县李家山出土铜臂甲，云南省博物馆藏。

08
pp.8-9

甲胄

战国时期的甲胄是将皮革裁成多片块状，以红色线绳组缀而成。参考湖北省枣阳市九连墩出土的皮胄与皮甲，湖北省博物馆藏。

05
pp.8-9

战国时期晋系文字中的"魏"字

据《战国古文字典》资料重绘。

09
pp.8-9

马具装备

战国之前，战场上多以车战为主，唯仅适用于平原，无法驰骋于山间或崎岖地势。到战国时期，尤其赵武灵王提倡"胡服骑射"之后，才开始有骑兵列阵。参考陕西省西安市秦始皇帝陵出土陶马俑，秦始皇帝陵博物院藏。

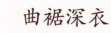

10
pp.6-7

皮弁冠

弁，音同"变"。战国时期君王的头冠称为皮弁冠。冠用白鹿皮制成，且缝缀有五种不同颜色的宝石。据《新定三礼图》资料重绘。

11
pp.12-13

曲裾深衣

为战国时期非常流行的服装样式，男女皆可穿着。参考湖南省长沙市子弹库楚墓出土人物御龙帛画，湖南省博物馆藏。

12
pp.6-7

组玉佩

为战国时期身份的表征，并具备君子的意象，以玉比君子德。参考湖北省江陵县纪城1号墓出土彩绘木俑，湖北省文物考古研究所藏。自制线绘图。

13
p.10

竹简

为战国时期书写形式。参考战国竹书，上海博物馆藏。

14
p.10

秦国军吏服装

参考陕西省西安市秦始皇帝陵出土军吏俑，秦始皇帝陵博物院藏。

15
p.13

玄端冠

为战国时期官员常戴的头冠样式。据《新定三礼图》资料重绘。

16
pp.16-17

直裾短衣

也是战国时期常见的服装。直裾有长及足背的深衣，也有短衣。一般百姓与武士平时多穿着短衣与裤，方便活动。参考山西省长治市分水岭出土青铜武士像。自制线绘图。

17
p.16

矛

为战国时期常用的兵器。参考湖北省枣阳市九连墩出土铜矛，湖北省博物馆藏。

18
p.25

殳

殳，音同"书"。为战国时期侍卫的守备兵器。参考陕西省西安市秦始皇帝陵出土铜殳首，秦始皇帝陵博物院藏。

19
pp.16-17

带钩

为战国时期流行的腰带钩饰。参考河北省邯郸市武安市固镇古城出土错金银嵌绿松石铜带钩，邯郸市博物馆藏。

20 p.18

虎符

为战国时期的兵符，因为制成虎形，所以称为虎符。虎符通常从中剖为两半，右半边由君王保管，左半边则交给在外军队的将领。左、右半边虎符相密合，军令方足以采信。参考陕西省西安市山门口出土杜虎符，陕西历史博物馆藏。

21 p.18

女子发式

战国时期女子的发式，有的是将头发梳向脑后，编成为一束垂于背后。参考河北省平山县中山国墓出土玉人，据《中国古代服饰研究》资料重绘。

22 p.18

曲裾深衣

为战国时期流行的服装样式，男女皆可穿着。参考湖南省长沙市仰天湖出土彩绘木俑。自制线绘图。

23 p.18

床

参考湖北省荆门市包山2号墓出土漆木床，湖北省博物馆藏。自制线绘图。

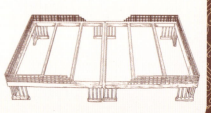

24 p.18

案

参考河南省信阳市长台关出土金银彩绘漆案，据《河南信阳楚墓出土文物图录》资料重绘。

25 p.38

壶

参考上海博物馆藏扁壶。

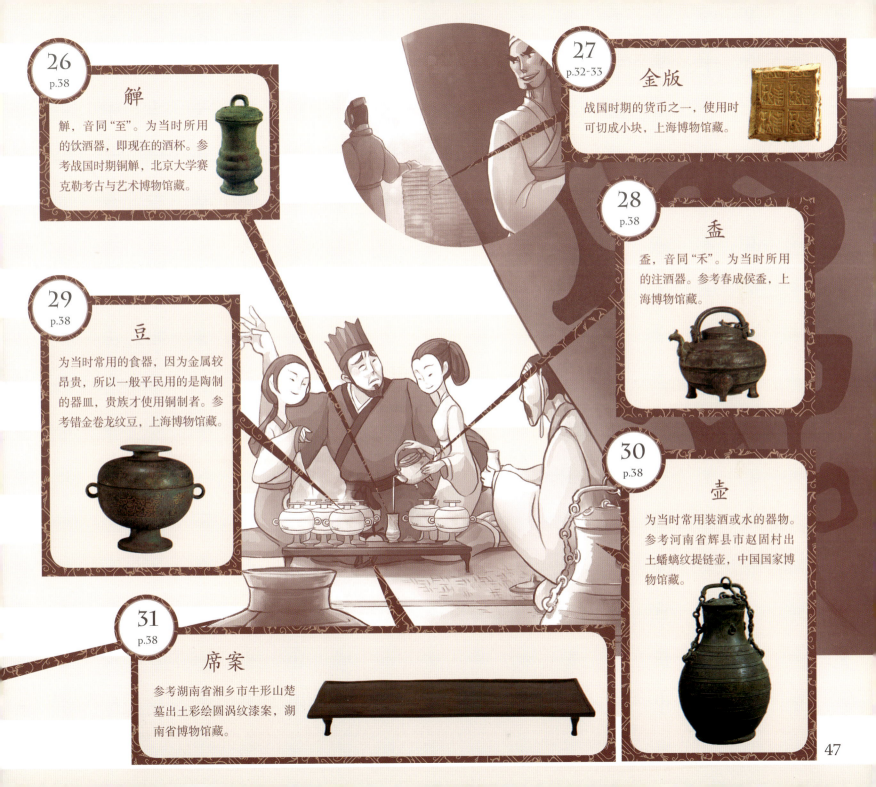

26
p.38

觯

觯，音同"至"。为当时所用的饮酒器，即现在的酒杯。参考战国时期铜觯，北京大学赛克勒考古与艺术博物馆藏。

27
p.32-33

金版

战国时期的货币之一，使用时可切成小块，上海博物馆藏。

28
p.38

盉

盉，音同"禾"。为当时所用的注酒器。参考春成侯盉，上海博物馆藏。

29
p.38

豆

为当时常用的食器，因为金属较昂贵，所以一般平民用的是陶制的器皿，贵族才使用铜制者。参考错金卷龙纹豆，上海博物馆藏。

30
p.38

壶

为当时常用装酒或水的器物。参考河南省辉县市赵固村出土蟠螭纹提链壶，中国国家博物馆藏。

31
p.38

席案

参考湖南省湘乡市牛形山楚墓出土彩绘圆涡纹漆案，湖南省博物馆藏。

虎符的由来：战国时期，战争频繁且规模扩大，君王为了便于调遣军队，会使用兵符作为凭信。因为那时期的兵符呈虎形，所以称为"虎符"。

通常，把一个虎符从中间剖开为左右两半，右尊左卑，右半边由君王保管，左半边则交给在外军队的将领。当君王想要调动军队时，便派使臣带着虎符的右半边到该军队去，让将领拿出自己保存的左半边虎符，与之相合，两边虎符相密合，才能执行命令。

在成语"醇酒美人"的故事里，侯嬴建议信陵君请如姬窃取放在魏安釐王身边的半边虎符，信陵君借着虎符，才可以命令晋鄙调遣军队去救援赵国。晋鄙合符之后，仍怀疑军令是假，于是被信陵君身边的人杀了。晋鄙被杀之后，信陵君由于手上握着左右两个半形而能完整并合的兵符，才有权指挥魏国军队。

图1　秦国杜虎符正面与剖面
陕西省西安市山门口出土
陕西历史博物馆藏
自制线绘图

立虎虎符

战国时期的虎符是铜制的，质地精良。有立虎与卧虎两种，例如陕西省西安市出土的秦国"杜虎符"是立虎造型（图1）；安徽省阜阳市太和县出土的秦国"新郪虎符"，则是卧虎造型（图2）。立虎形状的"杜虎符"只存左半符，虎首微扬，尾部卷曲，模仿虎迈步行走的姿态，造型生动。虎符上面刻有错金铭文，内容大意：右半符存在君王身边，左半符则在杜地的军事将领手中，凡要调动军队五十人以上，杜地的左半符必须要与君王的右半符相合，才能执行军令。但若遇有紧急情况时，则可以点燃烽火取代，不必有君王的右半虎符。

图 2　秦国新郪虎符

安徽省阜阳市太和县出土
自制线绘图

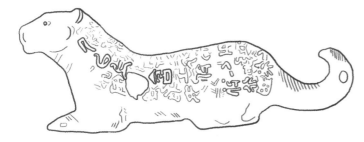

卧虎虎符

卧虎形状的"新郪虎符"，也只存左半符，虎首向前平伸，前后脚平蹲，呈伏卧姿态，虎身浑圆，整体线条自然流畅。此外，新郪虎符虎身有一穿孔，根据学者推测，可能右半符有榫，此孔需与右半符的榫相合，才是完整的兵符。虎的尾部也有一个比较小的穿孔，则可能是佩带用的。"新郪虎符"上面的铭文内容与"杜虎符"的铭文内容相近，主要是军队驻扎地点不同，"杜虎符"是杜地的军队使用，"新郪虎符"则是在新郪的军队使用。

战国时期的虎符，不论立虎或卧虎形状，形体都近似真虎。形象细腻逼真，且全身因有错金铭文，熠熠生辉。从虎符中，不仅可以看出战国时期铜器工艺的精湛，还可以从铭文内容认识虎符的作用与当时用兵的制度。

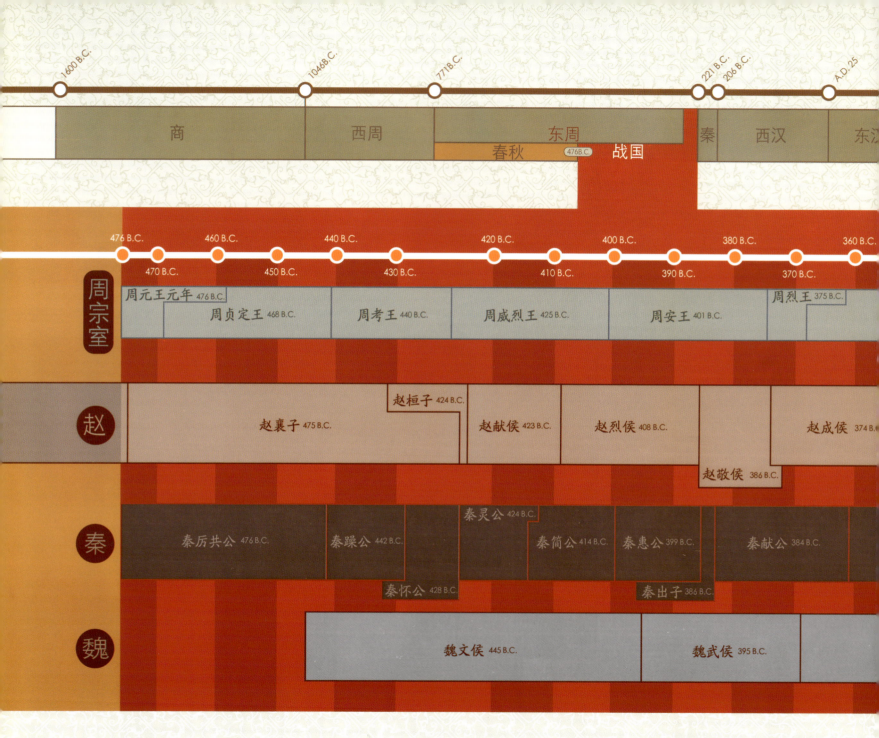

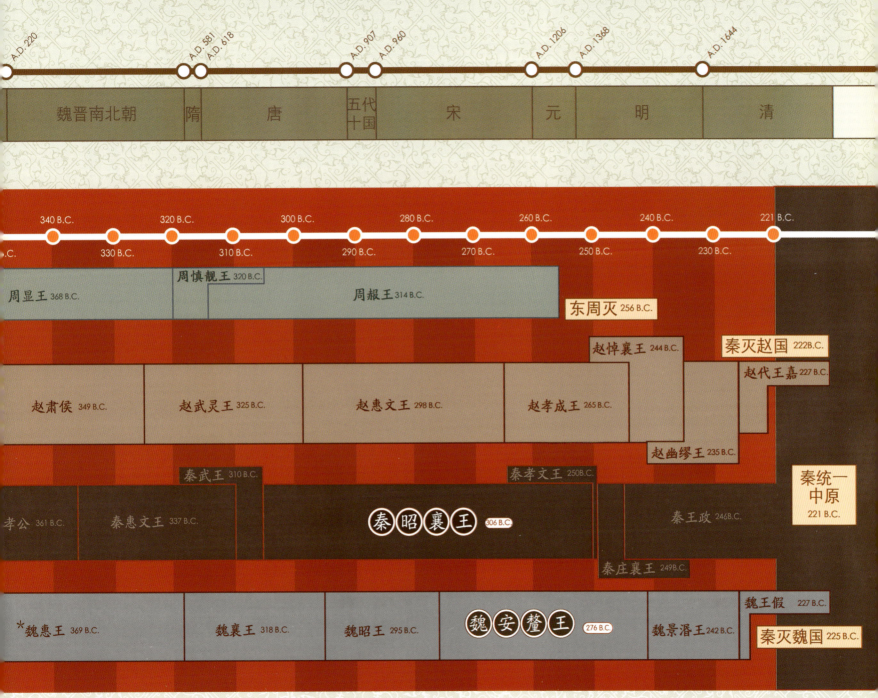

A.D. 220　A.D. 581　A.D. 618　A.D. 907　A.D. 960　A.D. 1206　A.D. 1368　A.D. 1644

| 魏晋南北朝 | 隋 | 唐 | 五代十国 | 宋 | 元 | 明 | 清 |

340 B.C.　320 B.C.　300 B.C.　280 B.C.　260 B.C.　240 B.C.　221 B.C.

330 B.C.　310 B.C.　290 B.C.　270 B.C.　250 B.C.　230 B.C.

周显王 368 B.C.　周慎靓王 320 B.C.　周赧王 314 B.C.

东周灭 256 B.C.

秦灭赵国 222 B.C.

赵悼襄王 244 B.C.

赵代王嘉 227 B.C.

赵肃侯 349 B.C.　赵武灵王 325 B.C.　赵惠文王 298 B.C.　赵孝成王 265 B.C.

赵幽缪王 235 B.C.

秦统一中原 221 B.C.

秦武王 310 B.C.　秦孝文王 250 B.C.

孝公 361 B.C.　秦惠文王 337 B.C.　秦昭襄王 306 B.C.　秦王政 246 B.C.

秦庄襄王 249 B.C.

魏王假 227 B.C.

*魏惠王 369 B.C.　魏襄王 318 B.C.　魏昭王 295 B.C.　魏安釐王 276 B.C.　魏景湣王 242 B.C.

秦灭魏国 225 B.C.

＊ 魏惠王在《孟子》一书中又被称为梁惠王。

51

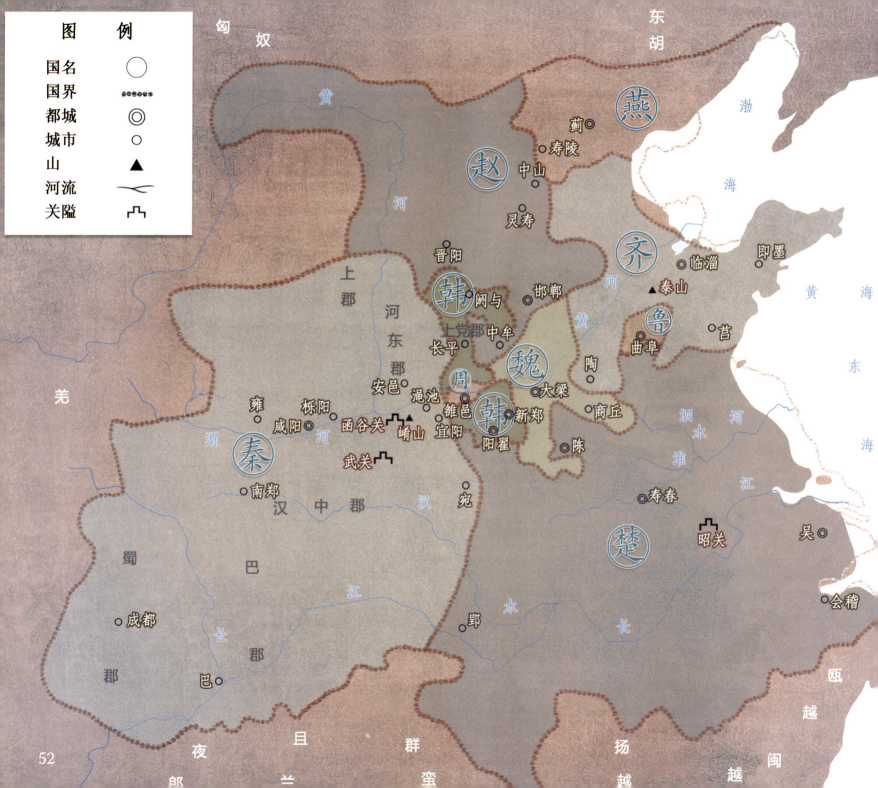

图　例

国名　〇
国界　•••••••
都城　◎
城市　○
山　　▲
河流　～
关隘　凸

匈　奴

东　胡

渤　海

燕

赵

寿陵
蓟

中山

齐

即墨

临淄

泰山

晋阳

韩

邯郸

鲁

莒

灵寿

阏与

曲阜

黄　海

上郡

上党郡

中牟

长平

魏

陶

河东郡

周

大梁

商丘

东　海

羌

雍

栎阳

咸阳

安邑

渑池

雒邑

韩

新郑

陈

泗水

淮

河

函谷关

崤山

宜阳

阳翟

秦

武关

南郑

汉中郡

宛

寿春

楚

昭关

吴

蜀

巴郡

汉水

会稽

成都

郢

瓯越

巴

长江

闽越

且兰

群蛮

扬越

夜郎

参考书目

· 王关成,《秦汉虎符的特征及演变》,《历史月刊》87: 94-97, 1995。

· 沈从文,《中国古代服饰研究》,上海: 上海书店, 1997。

· 何琳仪,《战国古文字典》,北京: 中华书局, 1998。

· 河南省文化局文物工作队编,《河南信阳楚墓出土文物图录》,郑州: 河南人民出版社, 1959。

· 侯锦郎,《新郪虎符的再现》,《故宫季刊》10(1): 35-77, 1975。

· 桑田悦等著,张咏翔译,《战略战术兵器事典1: 中国古代篇》,新北市: 枫树林, 2011。

· 许英才,《秦汉虎符述略》,《中华学苑》43: 79-110, 1993。

· 杨宽,《战国史》,台北市: 台湾商务印书馆, 1997。

· 杨宽,《战国史料编年辑证》,台北市: 台湾商务印书馆, 2002。

· 韩兆琦注译,《新译史记》,台北市: 三民书局, 2012。

· 〔宋〕聂崇义,《新定三礼图》,北京: 中华书局, 1992。

后记

我们现在处于一个知识琐碎、资讯泛滥的年代，如何引导青少年有兴趣、有系统地阅读既悠久又浩瀚的中华历史与文化，是我们在编写这套书前，一直在思考的问题。

我在博物馆界工作的四十多年经验中，尤其在故宫博物院工作期间，为年轻人设计及举办了不少活动与展览，深刻体会并发现这一代年轻人是在视觉影像环境中长大的。他们对图像、动画的喜爱与敏感，将是他们学习最直接、最有效的媒介。

于是我们决定将中华文化以故事形式、图画手法、有系统地编写出版。《图说中华文化故事》为此诞生。

本丛书力求做到言必有据，插图中的人物、场景、生活用器、年表、地图皆有严谨考证，希望呈现不同时期的历史、地理、时尚、生活艺术、礼仪与背后的文化内涵。第一套推出的是战国时期赵国的成语故事，共十本，并辅以导读，把赵国的盛衰、文化特质、关键战役、重要人物及艺术发展逐一介绍，以便把十个成语故事紧密扣合，统整串合成赵国的文化史。

《图说中华文化故事》希望让全球的青少年有机会认识中华文化丰富的内涵，进而学习到其中蕴含的智慧。这是我们团队编写这套书最大的期盼与目的。

最后，本丛书第一辑"战国成语与赵文化"所用出土文物照片，承蒙上海博物馆、秦始皇帝陵博物院、湖北省博物馆、湖南省博物馆、邯郸市博物馆、中国国家博物馆、襄阳市博物馆、河北省文物研究所、河南博物院、云南省博物馆、陕西历史博物馆、四川博物院、北京故宫博物院、鸿山遗址博物馆及北京大学赛克勒考古与艺术博物馆惠予授权使用，在此谨致谢忱。

周功鑫

2014 年 11 月于台北

54

书　　名　图说中华文化故事7
　　　　　战国成语与赵文化　醇酒美人

主　　编　周功鑫
原创制作　小皮球文创事业
艺术总监　纪柏舟
统　　筹　金宗权　许家豪

研究编辑　张永青　　　　　场景设计　张可靓
资讯管理　林敬恒　　　　　绘　　画　张可靓　王彩苹　周昀萱
撰　　文　张永青　　　　　锦地纹饰　刘富璁
人物设计　张可靓

出版人　陈　征
责任编辑　李　霞　毛静彦
印刷监制　周剑明　陈　淼

出　　版　上海世纪出版集团　上海文艺出版社
　　　　　200020　上海绍兴路74号
发　　行　上海世纪出版股份有限公司发行中心
　　　　　200001　上海福建中路193号　www.ewen.co
印　　刷　北京一鑫印务有限责任公司
版　　次　2015年11月第1版　2019年3月第4次印刷
规　　格　开本889×1194　1/16　印张3.5　插页4　图文56面
国际书号　ISBN 978-7-5321-5931-4/J·410
定　　价　32.00元

告读者　如发现本书有质量问题请与印刷厂质量科联系
T：010-61424266

图书在版编目（CIP）数据

醇酒美人/周功鑫主编.—上海：上海文艺出版
社，2015.11（2019.3重印）
（图说中华文化故事.战国成语与赵文化）
ISBN 978-7-5321-5931-4

Ⅰ.①醇…　Ⅱ.①周…　Ⅲ.①汉语—成语—故事
Ⅳ.① H136.3

中国版本图书馆CIP数据核字（2015）第238396号

主编简介

周功鑫教授，法国巴黎第四大学艺术史暨考古博士，现为辅仁大学博物馆学研究所讲座教授。曾任台北故宫博物院院长（2008.5—2012.7）、辅仁大学博物馆学研究所创所所长（2002—2008）。服务故宫及担任院长期间，曾创设各项教育推广活动与志工团队，并推动多项国际与两岸重量级展览与学术研讨活动，其中"山水合璧——黄公望与富春山居图特展"（2011），荣获英国伦敦 *Art Newspaper* 所评全球最佳展览第三名，及台北故宫被评为全球最受欢迎博物馆第七名。由于周教授在文化推动方面的卓越贡献，先后获法国文化部颁赠艺术与文化骑士勋章（1998）、教宗本笃十六世颁赠银牌勋章及奖状（2007）及法国总统颁赠荣誉军团勋章（2011）等殊荣。